U0554150

Catherine Chaine
Marc Riboud
J'aime avoir peur avec toi

有我，你别怕

〔法〕卡特琳娜·谢纳 著　〔法〕马克·吕布 摄　谈珩 译

人民文学出版社
PEOPLE'S LITERATURE PUBLISHING HOUSE

著作权合同登记号　图字 01-2017-3772

Catherine Chaine
Marc Riboud
J'aime avoir peur avec toi
© Editions du Seuil，2004

图书在版编目(CIP)数据

有我,你别怕／(法)卡特琳娜·谢纳著;(法)马克·吕布摄;
谈珩译.—北京:人民文学出版社,2018
　　ISBN 978-7-02-014024-4

　　Ⅰ.①有… Ⅱ.①卡… ②马… ③谈… Ⅲ.①纪实文
学-法国-现代 Ⅳ.①I565.55

中国版本图书馆 CIP 数据核字(2018)第 061162 号

责任编辑　**黄凌霞**
特约策划　**何炜宏　郁梦非**
装帧设计　**钱　珺**

出版发行　**人民文学出版社**
社　　址　**北京市朝内大街 166 号**
邮　　编　**100705**
网　　址　**http://www.rw-cn.com**

印　　刷　**山东德州新华印务有限责任公司**
经　　销　**全国新华书店等**

字　　数　**50 千字**
开　　本　**889×1194 毫米　1/32**
印　　张　**3.75**
版　　次　**2010 年 4 月第 1 版**
印　　次　**2018 年 8 月第 1 次印刷**

书　　号　**978-7-02-014024-4**
定　　价　**26.00 元**

如有印装质量问题,请与本社图书销售中心调换。电话:010-65233595

我们不怕（代序）

毛 尖

　　小时候，弄堂里有个智障孩子叫艇艇，长得雪白粉嫩，大家都很喜欢他，遇到其他弄堂的孩子欺负他，我们都自觉替他出头。艇艇长到十岁的时候，个头就比他瘦弱的妈妈高了。他妈妈说话很少，对人都笑笑，每天上午推着一辆爆米花车在熟人社会里转，艇艇和我们一起玩，远远听到爆米花车很响的一声"嘭"，就会直起身，叫一声"妈妈"。到今天，二十多年过去，每次看到爆米花，我都会想到艇艇和他妈妈。

　　今年寒假回家，和母亲说到艇艇一家，母亲就骂艇爸：没良心的男人啊，居然抛弃老婆孩子跑掉了。其实，印象里，艇爸也是任劳任怨的老实男人，我们家的小花圃就是他来帮外公一起垒的，还用水泥裱了漂亮的图案。不过，夏天的黄昏，大家都在弄堂里吃饭，很少看到艇爸和他们母子一桌吃，艇艇吃饭大呼小叫，我们听着很乐，艇爸看着痛苦。一年又一年，这痛苦终于把他压垮，说是跑去深圳打工，却再没回来。

一个弱智孩子带给父母的痛苦到底有多大？卡特琳娜·谢纳在《有我，你别怕》中说了出来。

卡特琳娜在智障女儿克莱芒丝长到二十二岁时，终于有勇气提笔写下这本薄薄的册子。虽然像所有的童话故事，卡特琳娜在结尾对女儿说出："有我，你别怕。"但是，震动我的不是最后的母爱，而是最初的惊惧。

时隔二十多年，我们依然在书本第一页感受到生下弱智孩子的母亲的强烈绝望。卡特琳娜非常诚实地写出，当消息确认后，她的第一反应是：可以让孩子死吗？接着，她用复仇般的语气，几乎是连篇累牍地声讨了当年拒绝她羊水穿刺的医生，同时又用真正的感激之情，几近虔诚地赞美了收留克莱芒丝的安幼育婴院。这本书三万来字，这声讨和赞美占了一半，第一次看的时候，说实话，我觉得卡特琳娜有点记仇，也有点缺乏承担能力，毕竟，你是孩子的母亲；但回头想想，或许，这是此书最有意义的地方吧。

岁月流逝没有带走卡特琳娜当年的剧痛，虽然克莱芒丝从婴儿变少女到成人，她以越来越迷人的方式征服了自己父母，但当年在霎那间被推入地狱的惨状依然历历在目，面对真相时刻，她无声吼叫："谁再跟我提起'上帝的礼物'，我就把谁从窗口扔出去！"

我想的是，卡特琳娜尚能通过文字咆哮出内心伤痛，而且，是在二十二年后，而且，她还有育婴院，有代她哺育克莱芒丝十二年的塔塔，而且，克莱芒丝还只是周末回家，那么，没有笔没有育婴院没有乳母没有慈善中心没有福利工厂，最为关键的，没有爱情的那些母亲又在承受着怎样的深渊般的钝痛呢？

我今年四十岁，住过几个城市，换过二十来个社区，细想想，在每一个社区，几乎都有一个艇艇和艇艇妈。她们拉扯着弱智的孩子，生命中的每一秒都被人提示着缺陷，而我们打他们身边经过，总还用好奇的目光再伤害他们一次。《有我，你别怕》正是对我们的一次警示，提示我们智障孩子的局限，很多时刻正是来自正常人的局限，就像艇爸在艇艇十五岁时的出走，压垮他的不是艇艇，而是周围的目光。

所以，虽然"有我，你别怕"是卡特琳娜对克莱芒丝说的话，但在心理学和社会学的意义上，这句话，其实应该是克莱芒丝对卡特琳娜说。而《有我，你别怕》最动人的地方，也在于这个当年夺路而逃的母亲能在本书最后，安然讲出彼此的局限。自始至终，卡特琳娜没有把克莱芒丝写成天使，但合上书的时候，我在内心拥抱了天使克莱芒丝，尤其，在她父亲的镜头里，她是那么健康，那么饱满，那么美。

亲爱的克莱芒丝，亲爱的智障孩子，这个有缺陷的世界，欠你们一个道歉，不过，藉着这本小书，或许可以让我们彼此鼓励：我们不怕。

献给

陪伴我度过生命中每一秒的马克

极度悲伤的时刻

总会来到，当幸福，

这生命中荒诞却绝妙的信任，

在人心里，

让位给了真相。

——路易-斐迪南·塞利纳
《塞麦尔维斯》

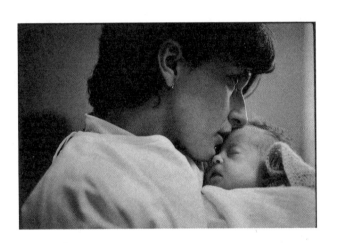

一

你是我第一个孩子。"是男孩儿，"助产妇刚说完，旋即纠正道，"哦，不，是女孩儿。"心里闪过极小一丝颤动，微不足道，即刻消失无影了，然而我还是忍不住问了一句："孩子都好吗？""当然，当然。"他们是这么回答我的，好像我问了个很傻的问题；回答的声音并不如我期待的那么快乐，却让人安心，我轻轻地拍了拍你的小屁股。那两瓣鼓鼓的肉，实实在在地让我捧在手心里，它们是为我而生的，这新鲜而亲切的感觉，已然那么讨人喜欢。轻轻柔柔地拍打，我们就这样互相招呼过了，你的肚皮贴着我的肚皮，相遇很快乐，我们开始彼此喜欢。但是很快，他们就把你裹进一条大围毯，从我手中抱走了。

　　"她长得真像你啊。"马克说。他还只是见了孩子的背影呢。

　　马克，你那时的脸庞，让我理解了"神采奕奕"的含义。

二

"我跑去告诉男孩子们,马上回来!"马克恨不得吹响冲锋号,将这好消息昭告天下,和他的儿子们分享这份幸福。

"记得九点前回来见儿科医生哦,非常重要的!"助产妇叮咛再三,"非常重要!"她站在门脚边,重复了一遍,才放马克飞奔去见儿子们。

一个人躺在产房里,我轻轻喘息着,慵懒地玩味那让人既震惊又平静、既幸福又新奇的念头:我们有了一个小女儿,马克和我。这怎么可能,这般奇迹,竟这样发生了？快乐铺天盖地，广阔得让人难以去思去想。我无时无刻不沉浸在这快乐中，脱不了身。在那么多女人成为母亲后，我终于也体会到了为人母的幸福，每一次孩子的降生都如同耶稣基督降临尘世。我的第一个孩子是个奇迹，一个神圣的迷，叫人措手不及，正如我们无边无垠的爱。

忽然，隔壁产房里的产妇大喊起来，那是我从未听过的尖叫。记得那时，恐惧与同情传遍周身，我一丝不挂地躺在产床上，忽然觉得很冷，在这砌满了白色瓷砖的产房里，心空荡荡的，充满了忧伤，如此的忧伤。

三

马克回来了，同来的还有一位年轻的儿科医生，手里抱着克莱芒丝。我记得他匆匆向我问了声好，神情严肃，甚至可以说是凝重。我很惊讶，他竟然没有露出笑容，没有一句热情或是俏皮的话。为了开启我们的幸福，这些话本该不绝于耳的。

他把婴儿摆放在我身边的一张小桌子上，开始慢慢地，仔仔细细地，一言不发地为她做检查。触诊，听诊，检查手臂、腿、颈背、口腔、舌头……像每一对新生儿父母一样，我们欣然接受了这执拗的寂静。

后来，这寂静变得让人难以承受，再多一秒都无法容忍，我终于意识到：这寂静不正常。"呃，医生，孩子没问题吧？"于是，我问道。"太太，我来这儿正是为了给她做次检查。"我从产床上坐起来，那几个字横冲直撞地从嘴里迸了出来："啊，医生，她……难道是弱智？！"我几乎是在喊叫了。

"这正是我们也想问的问题。"他回答。

那一刻究竟是什么击中了我们，我想有一天也许我能说得出来，然而二十二年过去了，我终究还是没能做到。

四

"我三次要求做羊水穿刺①。"在我的记忆里，无论准确与否，这是我事后说的第一句话。狂怒席卷而来，和伤痛一样刻骨，一样锥心。这场灾难本可以避免，我却没能避免。我怎么会这么软弱，只因为一个助产妇、两个产科医生拒绝了这个要求，我便乖乖顺从了她们？

年轻的儿科医生在我们面前沉默了。婴儿消失了。我甚至没看见她被人抱走。

①用于产前细胞遗传检查，确诊胎儿是否有染色体异常、神经管缺陷以及某些能在羊水中反映出来的遗传性代谢疾病的一种技术。——译注（本书注释若无特别说明，均为译注）

在《罗贝尔法语词典》里，"消失"一词的释义是"不见，不存在，死亡，亡故。"那个萦绕在我们梦想中的小女孩死了，更糟糕的是，对我而言更糟糕的是，一个我完全不想要的婴儿代替了她的位置，它蜕变成一个令我脑海翻沸的词："先天智障"。哀悼与束缚，死亡与强迫，失去与责任：这场灾难简直完美至极。然而马克的目光在那儿，满怀着爱与盈盈不落的泪珠。

五

　　儿科医生感觉到了我和马克想单独待一会儿，确实如此，我们需要喘口气，需要释放一下我们的哀与爱。我难以接受这个孩子，可我爱马克，脑海中只剩下这两个念头在不断地冲撞。"和你在一起，一切皆有可能。"我重复着我和哥哥将爸爸的死讯告诉妈妈后，她对我们说的第一句话："有你们在，我不会有事的。"在不知不觉中，我们继承着某些话语。

　　"一切皆有可能。"这句话是什么意思呢？言语先于我们而存在，至少有一部分是这样的。"一切皆有可能。"因为我们必须接受、面对、克服。经历这场打击后，没过几分钟，我就意识到了这一点，尽管还不知道将要克服的是什么，将要面对的是什么，将不得不接受的是什么。一个个动词早已摆在那儿了，只是没有宾语。

几分钟后，那位年轻的儿科医生又回来了："我来回答你们的一切问题。"他好心强调"一切"二字，令我感动，可我只有一个问题：他可以让这孩子死吗？

答案显然是否定的。他平静地回答我们，我们相信了他，毫不迟疑。幻想中的生活与现实生活两相分离，梦想终究是梦想，它会永存于心，我的灵魂悼念着死亡，可我的怀抱中尚有一个活生生的婴儿。

六

　　我们走出产房后，叫来了所有的兄弟、姐妹、朋友，所有我们在乎的人。每个人都有自己的亲人，都知道自己最想和谁在一起。他们一定得知道，一定得听我诉说，一定得在最短的时间内赶到，立刻就来。他们真的停下手边千头万绪的事情，当天就赶到了我的产房。我记得他们的眼睛、他们的吻，还有他们拥抱我时围护住我肩胛的臂膀。我需要他们到场，需要他们惊愕，需要他们急着想帮忙，需要他们使尽浑身解数却不知道说些什么。我感觉得到他们站在那儿需要多大的勇气，那是多么无力，却又无比珍贵。和他们在一起，苦痛便乖乖地安静下来。

　　同自己在乎的人在一起时，最不可思议的事，就是他们会说些蠢话，很多蠢话，多得简直能与他们渴望宽慰、渴望平抚我的伤心、渴望帮上些忙的劲道相媲美。他们的蠢话真叫人欢喜：那些蠢话唤醒了愤怒，唤醒了大笑的欲望与恶毒。啊！那些妙不可言的阿姨们举出各种例子，想要说服我，这个婴儿是"上帝的礼物"；那些醉心于《小多尔托儿童教育画册》的朋友们向我解释说，必须破除拥有一个完美婴儿的想法，或者头头是道地分析，说是我的自恋心理受了创伤。我无声地吼叫着，愤怒得快要抓狂，心里巴不得和马克单独相处的时刻快快到来，我会笑着对他说："谁再跟我提起'上帝的礼物'，我就把谁从窗口扔出去！"

七

　　下午，护士抱着克莱芒丝进来了，我隔着被单，屈起膝盖，把小家伙搁在上头。这是"事发后"我头一回见到她。医生护士把她裹得严严实实的，她脑袋耷拉着，摇来晃去，一只眼睛闭着，还伸着舌头，简直把先天智障儿的形象呈现得惟妙惟肖，但是我却在这副惨相下窥见了羞答答的狡黠。她让我笑出了声，"哦！她真丑啊！"我对好朋友克莱尔说道。见我笑了，克莱尔既感惊讶，又觉宽慰，尽管有些不知所措，也还是露出了笑颜。没错，克莱芒丝是长得丑，说出来反而让人好受些，但她很滑稽，在我们面前那么无所顾忌，那么真实

23

而平静，叫人不由得要关注她。她的脑袋软绵绵地歪在一边，毫无招架之力，仅睁着一只眼睛，可她就这样实实在在地出现在我们面前，独一无二，俏皮得让我们除了看着她，什么事儿也不愿做。出生才几个小时的小婴儿，无论是不是我们想要的，都已经不可思议地存活了。丰腴而优雅的小生命就摆在你面前，一脸天真崭露无疑，仿佛在问你："你看，我在这儿呢，我多么可爱呀，我有什么问题吗？"

这是我们第二次相遇，几乎和第一次一样短暂。然而今天回想起来，我才意识到，她在那短短的几分钟里就吸引了我所有的注意力，逗我笑起来——哦，知道吗？那会儿，我压根不想笑！

八

克莱芒丝出生时，妈妈正巧从南部地区的姨妈家小住归来。那时候还没有手机，她下午抵达巴黎奥利机场时，并不知道自己已经有了第三个孙辈，也不知道小丫头患了先天智障。是哥哥尼埃尔去机场接的妈妈。我事后才知道，哥哥心烦意乱，不知如何告诉妈妈这个消息，他好不容易挤出几个词的时候，妈妈还以为我难产死了呢。柔弱的心灵实在当不好信使啊……

妈妈终于跨进我的房门，我已经觉察到了她异乎寻常的紧张。那精致的脸庞好似因欲问不能而绷紧了。

她努力想要与我步调一致，在知道我的反应前什么也不说，什么也不做。如今我眼前依然能浮现出她充满疑问的眼神和脸上努力控制自己不要失态的表情。从早晨到现在始终未曾落下的泪水终于顺着我的脸颊不住地流淌。妈妈知道了，我这次生产不顺利，很不顺利，简直糟透了。

最后一批朋友也悄然离去，我的房间里只剩下马克、尼埃尔和妈妈。每个人都想要留下陪我度过漫漫长夜，但我想让马克好好休息。为了和我在一起，马克凌晨三点就从我们在都兰的家园——拉舍尼莱尔赶来了，第二天他还有拍摄任务。妈妈坚持说她在窗边的扶手躺椅上过夜会很舒服。可怜的妈妈，她并不知道等待她的将是怎样的一个夜晚啊！

如今我自己也做了母亲，可我竟让她承受了些什么呀！整整一夜陪伴在她早已长大却不停抽泣的孩子身旁。想到这一切，我的心就阵阵抽紧。也许时至今日，我已经变得更聪明，在经受历练后变得更坦然了。可是那一夜，我为无法挽回、无可救药、再不能逆转的一切哭个不停。早上的期待、无穷无尽的可能，刹那间就走到了尽头：今晚，在这昏暗的房间里，什么都做不了，一切都太迟了。我多么想拼尽所有力气，只要时光可以倒流，回到可以接受羊水穿刺的时候，然而无论我做什么都没有用了；我无力地哭着，满是懊恼、悔恨和愤怒，我看到了主治医生的轻率，当然还有我自己的轻率，只不过比她们好些，我本该选择更富责任心的医生来与我对话的。

埋怨与愤懑，愤懑与埋怨，那一夜我一定不知疲倦地重复着同样的话。究竟说了些什么，我已经忘记了，只有妈妈会时不时再提起。那并不是一段对话，而是双重悲叹，是无知给予我的深刻教训，在这沉痛的教训里抚慰我的，并非人世间最美妙的嗓音，而是妈妈朴实无华却延绵不尽的爱。

　　每个家庭里，生孩子的小故事总会在母女间口口相传。对我妈妈而言，怀胎九月是个充满危险的阶段，她不得不每天卧床休息，可孩子的出生却是纯粹的快乐。她的第一个孩子生于一九四五年五月八日，那天全巴黎的钟声都在摇篮边回响，她觉得这样的欢迎仪式对她的第一个孩子来说再合适不过了。克莱芒丝的疾病却打破了她天真的信仰，她原来对社会和心理的现实真是全然不知啊，竟以为每一次诞生都是一场胜利。

　　"你的付出没得到应有的回报。"我的印象中，这是妈妈那一夜说的唯一一句话。我可以想上一整天，却也无法穷尽妈妈这句话里的意思：我仿佛从这句话中了解到妈妈的所有，她不同寻常的单纯，在这甚至有些容不下声音的悲伤里，她小心翼翼，忘却了自己。

九

生下克莱芒丝后没过几小时，就在当天下午，安幼育婴院①的院长就来到我的病房中，提议接收克莱芒丝入院生活。每当想到自己竟有如此福分，遇上这家无与伦比的育婴院时，我都羞愧不已。还是我的好朋友克莱尔早上得到消息后为我找来的呢，她是圣安妮医院的心理医生。这对于当时刚经受了五雷轰顶的我而言，简直是莫大的安慰。这家育婴院接收了二十多个残障儿童，每个孩子都由固定的保育员呵护照料；每位保育员只照

①位于巴黎市南郊蒙特鲁吉（Montrouge），始建于1953年，致力于抚育各类残障婴幼儿，因财务状况不佳，于1996年12月31日被迫关闭。

管两到三个"小寄宿生"。家长可以在白天任何时候来育婴院探望孩子。

院长的镇静和充满温情的关怀让我们放下了心。她并不忙着安慰我们，而是简单地介绍了育婴院的各项职能，她向我们保证，在克莱芒丝生命中的任何时刻，我们都会获得帮助，就像今天她向我们描述的那样。我们原以为只有自己遭受了如此难以言说的厄运，从此与常人不同，深受伤害，孤立无援，现在才发现一张大大的援助网原来早已存在，不禁倍感宽慰。

实际点说，这就意味着我们不会把克莱芒丝带回家。暂时缓解的伤痛对我而言简直是一件礼物。如果没有育婴院，我将不得不抱着嗷嗷待哺的婴儿离开医院，还没从打击中缓过神来的我，心中满是怨愤与忧伤，一定无法当一个"好妈妈"的。我需要时间和帮助来试着做一个"好妈妈"，而这正是育婴院所给我的。

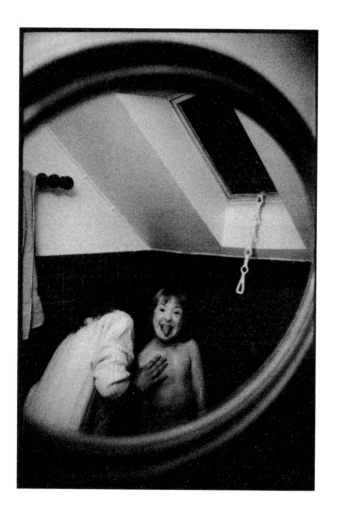

十

生下克莱芒丝后的第二天，我离开医院回到马克身边。我回到了家，可腹中空荡荡的，怀抱里也是空荡荡的，唯有眼眶里满是泪水万千滴。克莱芒丝由于严重的新生儿黄疸①依然留在圣文森特-德-保罗医院。两天后，我和马克去那儿接她。

除了我，这世间没有人会知道那天你有多美。究竟是护士把你放在了我怀里，还是我把你从育婴箱中抱

①黄疸又称黄胆，俗称黄病，是一种由于血清中胆红素升高致使皮肤、黏膜和巩膜发黄的症状和体征。

了出来，我已经记不清了，但是我依然能感觉到你结实滚圆的身体紧贴我时的分量，你二十二年前美丽的样子就在我眼前。啊，多么漂亮呀！两天来我只知道哭泣，拒绝一切，愤怒，甚至想到了死，可是那一刻，我被你迷住了。你在我手臂围成的摇篮里安睡，静静的，一动不动，那么放松，那么完美，你的脸蛋如此清晰细腻，好像一小尊牙雕的菩萨像。有那么几分钟，我忘却了一切，只是看着你。

十一

　　克莱芒丝的黄疸消退后，我们把她从医院接了出来，送到安幼育婴院。育婴院位于蒙特鲁吉，要出了奥尔良门才到。那是我第一次为她穿衣服。我带来了两个月前就买好的棉质打底衫，那是如此柔软细腻的棉织品，纯白无瑕，还有一套妈妈织的蛋壳黄羊毛婴儿套衫。克莱芒丝穿上这件简简单单在后背交叉的无领长袖衫后，简直可爱极了！我仿佛看见了老相册上哥哥和我婴儿时的模样。妈妈发明的套衫上有无数小绒球，好似粼粼波光环绕着她圆滚滚的身体，温馨至极，刹那间就让克莱芒丝融入了我们的家庭。是的，她是我们家的新成员，和我们那么相像，她是我的，是我们大家的，不管我愿不愿意。

　　育婴院位于一幢现代化大楼的第八层，我们受到的接待再次让我们倍受鼓舞。他们让我把克莱芒丝放在窗前的婴儿床上。我解开她的襁褓时，听见院长说："哦！她多么漂亮啊！""哦"的一声惊呼，如此情不自禁，有那么几秒钟，我甚至骄傲得挺起了胸膛。这是我听到的第一句恭维话。

　　院长向我们介绍了他们特意为克莱芒丝挑选的保育员贝尔纳黛特。她很年轻，还有些害羞，一看便知是个心细如发的女孩子。打从一开始，我们就对她很满意。她对克莱芒丝的爱，她的轻柔与谨慎将陪伴我们度过整整十八个月。

　　回家后，我们必须找回原有的生活轨迹。马克从不放过任何一个对我进行政治教化的机会。那晚，他对我说："你看，能进这家育婴院，你还得感谢左派政党吧！亏得有了他们，才会开办这类机构。"我笑了，有那么一会儿，压在心头的悲伤减轻了些。他是怎么会在那晚想到政治问题的呢？我本就要感谢左派政党，感谢上帝，感谢所有的朋友，尤其是我的好姐妹克莱尔，是她找到了这家为克莱芒丝量身定制的育婴院。让我感到安慰的是，马克还是老样子，好像这一切并没有伤害到他。而对于我，一切都不再是旧时模样了。

十二

　　克莱芒丝入住育婴院的第二天，哦，或是第三天，我和妈妈去看了她。我觉得独自一人无法找到去蒙特鲁吉的路，尽管实际上很好找；我没法开车，更无力去这个为"非正常"儿童设立的机构看望我的孩子。没有人敢这么称呼育婴院，可是，这个词虽然让人听了害怕，但总比用"残疾"、"残障"来表示先天智障在我心里种下的莫名而又强烈的恐惧要好些。

　　那天在圣文森特-德-保罗医院里，我们把克莱芒丝从育婴箱里抱出来的时候她有多么逗人快乐，这回在育婴院里，她看上去就有多么可怜。在特意为她加热的育婴房里，她虽然戴着无指手套，可是手指依然根根发青，她的嘴唇、她的鼻尖都是青色的。裹在护士为她穿上的淡紫色连衣袜裤套衫里，她看上去是那么脆弱，那么孤单，犹豫不决是否要踏入尘世。她的脆弱更是刺痛了我本就游移不定的心情：她真的必须活下去吗？如此悲惨脆弱地活下去吗？看到她这样子，我才庆幸不用亲自照料她，庆幸她没有被我的胡思乱想伤害到，庆幸她有温柔的贝尔纳黛特呵护着她。我没有能力"正常地"爱她，但我很高兴总算没有伤害到她。

回家路上，我并没有在意妈妈因见我受苦而满怀忧伤，我一定说了"我真希望她别活了"这类话。妈妈回答说："这对你来说太残酷了。"总不忘再加上些悲观的话。其实我想的恰恰相反，我只是觉得我需要无穷无尽的时间来释放痛苦，来驱散已侵入我每一个细胞的抗拒。

十三

因为我们生下了一个先天智障，妇婴医院决定让我和马克接受染色体群检测[①]，不得缺席。我忍不住想，竟在悲剧发生**之后**才为我们检测，要知道**之前**他们曾三次拒绝给我做羊水穿刺，而我们本可以预知厄运，再决定是否要留住这孩子。

于是我和马克去了勒热纳教授医疗所下属的儿童疾病中心。勒热纳教授是发现唐氏综合症病因的知名学者，也许他更为人所知的一面在于他是"自由生活"运

---

①该项检测可显示细胞内染色体的排列状况。——原注

动的发起人之一。教授领衔的医疗团队中的某位医生接待了我们。她是个胖胖的中年女子，一脸严峻。但我第一眼看到的，是她白大褂上挂着的十字架，并非许多基督徒经常挂在脖子上的那种不引人注目的小十字架，绝不是，她戴的那个让我想起历史书上常见的十字军东征时佩戴的十字架，太大了，简直让我难以承受。

二十二年之后，当我写下这几行字时，我终于意识到克莱芒丝残障的宣判是如何激起了我自童年时代便层层叠叠积淀下的痛苦和反抗。整整几个月，我都心灰意冷，像条随时准备把怒火喷向整片大地的恶龙。任何理由都可以点燃我随时会爆发的愤怒，某医生的问诊来得正好。刹那间，我摆出一副崭新的俗家教徒的姿态——"医院里为什么没有戴着无边圆帽的犹太人和披着面纱的伊斯兰教徒？"我无声地咆哮道。我高声回答着某医生的问题，并且成功地在我的回答里穿插了未能接受羊水穿刺的悔恨。不知她有没有感受到彬彬有礼背后的强硬？她是否明白我在被拒绝三次之后，再也不能接受任何解释？也许她感觉到了，因为她什么都没有回答。她只是以倦怠的目光回应我，那眼神就如同我学校里几个笃信宗教的老师看那些无法感化的学生一样。我至少有权利提出一点建议：我的女儿不叫"先天智障"，像我曾经叫过的那样。她有名字，她叫克莱芒丝。这位医生大度地回答我："您知道，我有两百多个先天愚型孩子，每一个人我都用姓名称呼他们。"我怒不可遏地发现"有"这个动词是如何被人滥用的。以她的年纪，即使不存在羊水穿刺，也不可能"有"两百多个先天愚型孩子，顶多在办公室里问过诊罢了。

谁来坚持措辞的重要性、言语的准确性？除了那些与身心俱伤的病人对话的医生外，谁本该有能力找到正确的词语？

然而，克莱芒丝出生后，我们想为肚子里的新生儿另寻产科医生时，我们遭遇的情况却恰恰相反。其中有一个也许想表达她的同情之心，结果却说道："啊！是啊！换作是我，我也不希望自己的一生被个先天智障儿毁于一旦。"我们是不是该理解为我们的生活已经毁于一旦了？为什么医学专业培养未来的医生时只考数学，要不就是那些全靠死记硬背的东西？考一段《战争与和平》或许能把死记硬背之流与那些真正懂得聆听的人——如果他们有幸还存在的话——区分开来。

十四

写到这里，我就像个身受巨大压力的潜水员回到水面时那样，得以长舒一口气。克莱芒丝刚出生后的那几个月是如此难熬，以至于若是重新再走一遍，我会筋疲力尽。我多么想逃避，只说说今天的克莱芒丝，聊聊她鲜明的性格、有点儿蛮横的脾气，还有她那颗敏感的挑剔的心。我多么想在结束开篇之前就先道出结局，从现在起就写美女爱野兽如何一天胜似一天。毕竟，他们谁也不是魔鬼。故事早就这么告诉我们了，可是在亲身经历之前，谁又真正懂得那些故事呢?

然而，我依然得继续那些恍恍惚惚、一点儿都不渴望这孩子的日子。想到她智力受损和她身上烙下了令我害怕的残障印记，便叫我伤心不已。何况，她对我而言就像噩梦一场，把无形的恐惧重重地压在我心上。我的第一个孩子在我腹中足足待了九个月，可是如释重负的那一天在哪儿呢？我期待的孩子已经死了，那短短的几个字就宣告了她的死亡，她曾经长大的那个地方已经被无法泯灭的恐惧占据了，混杂了悲伤和义愤的恐惧比积淀在海底的沙石更加沉重。

生下克莱芒丝后的几天时间就足以让我意识到，当初选择那两个不让我接受羊水穿刺的产科医生是多么不明智；第二个医生向我举出的一系列数据错得多么离谱。我在九个月里始终不懂的东西，如今几天之内就学会了，伤痛也用它所积蓄的力量慢慢教会我许多许多。

十五

　　从前我就害怕生个先天智障儿。很多女人都害怕的，但似乎我的恐惧更为强烈。刚怀孕的时候我就对自己说："我怕，但这不要紧，毕竟现在有羊水穿刺了。"后来的几个月里，我的三次请求均遭拒绝，有时候我甚至为了消除内心的不安，轻轻地叫唤我未来的宝贝："我的小呆呆。"为什么我如此害怕？我不知道。也许因为我已经三十五岁了，我的第一个孩子，如同我的第一场爱情一般让人等待了许久。这迟来的几乎是未曾料想到的幸福，必须用十二万分的小心来细细呵护。也许我天生就容易紧张，也许我的年龄和马克的年龄——他五十八岁了——在我看来都属于"非正常"范围，因而需要特别注意。也许，归根结蒂是因为从童年起，每当我遇见智障人士，我都清醒而痛苦地感觉到他们对爱的渴求，还有他们"非正常"的给予爱的能力，这种需要和能力吸引着我，也让我害怕，好像无穷无尽的永恒，既满足你，同时又淹没你。我会莫名地以为自己是他们的亲人，要做他们的母亲则更让我害怕。

　　无论我的理由是什么，总之我认为接受羊水穿刺是非常重要的。然而，我却不知道，一九八一年，在法国只有国家实验室里可以进行羊水穿刺，而在巴黎，这样的实验室少之又少；我也不知道，当时的国家医疗政策规定三十八岁以上妇女方可接受羊水穿刺。然而，由于实验室以及信息的匮乏，加上大多数医务人员的懈怠心理，导致三十八岁以上的妇女也多半享受不到羊水穿刺带来的好处。我并不知道这种种限制条件，才会天真地向医院里随行的助产士提出接受羊水穿刺的要求。"您在圣文森特–德–保罗医院是无法做羊水穿刺的。"她的回答一清二楚，毫无回旋余地。可这并不能让我泄气。于是我咨询了我"城里"的产科医生，她与我同龄，是个美丽热情的女子，还是我做产科医生的朋友介绍给我的。我向她重提这个要求时，她用惊愕的神情望着我，我至今依然能真切地回想起她那双瞪大了的眼睛，仿佛我的要求是绝——对——地——荒唐无比。我能得到的回应只是如下这句话："可是，您怎么会想到这回事？"我不再坚持，我想我是敲错门了，于是我的全部希望就寄托在了我那位同是产科医生的朋友身上。她用两条错误的信息终结了我的坚持。她说，羊水穿刺会有百分之五十的概率导致流产。况且，不管怎么说，孩子已经三个月大了，早已超出了接受羊水穿刺的时限，这种手术必须在三个月之内做才行。

我从来不曾想过，连一闪念都没有，这些不假思索地给出的信息会是错误的，何况其中一个还是我的朋友。导致流产的可能性不是百分之五十，而是百分之一；三个月并不太迟，事实上，对于实施羊水穿刺来说，是太早了！今天，我试图理解，病人向医生咨询一个并非无关紧要的问题时，医生是会弄错的，而且错到如此田地。这究竟是因为他们无能，还是只想着不惜一切代价息事宁人，或是盲从当时的医疗政策，抑或是某个连他们自己都没意识到的理由使他们面对病人时做出错误的决定？每个错误都有来龙去脉，往往只有始作俑者方知其中缘由。当然，如果他们有勇气这么做的话。

　　因为克莱芒丝是我的第一个孩子，而且我也没有足够的时间来做一个无微不至的母亲，所以她们不负责任的回答就成了我当时最难以承受的事实，甚至比孩子的残疾更令人愤慨，更无法接受。如今再回想那些遥远

的日子，我便感觉残疾是一道伤口，一道我无力形容的伤口，伤痛永远潜伏在我的神经束里。这位产科医生朋友的不负责任、她显露无遗的思维惰性，再加上她的骄傲与谎言，足以成为引爆火药库的导火索。错误是人犯的，如果她承认，即便是熊熊烈火亦可自行熄灭。然而克莱芒丝出生几天后，当我告诉她，她的数据是错误的，她却回答说我死咬着羊水穿刺不放，说我本是以朋友的身份而非病人的身份来请教她的，而且，显而易见，我如今需要一只替罪羔羊。事到如今，她苍白的回答依然让我脸红不已，原来我们的关系中夹杂着这番虚伪与客套。事实也就是如此。我也是如此，或者说，我终于变成了这个样子。错误被无情地否认了，这些回答全都回避了核心问题，那就是数据的错误。

对于受害者而言，没有什么比背信弃义更令人绝望了。这是一堵用谎言凝练的无懈可击的水泥墙，一堵让人觉得无力面对却又激发起无限愤怒的墙。有几个星期，我仿佛沙威警长①魂灵附身，怀着一颗众所周知的宽容心，时刻准备去追捕那名无能的骗子。这样很累，可愤怒是烧不尽的野火。

"什么也阻止不了我的号叫！"约伯在沙漠中呐喊着。那时候，我本该念诵《约伯记》，可我却没想到。我喊不出来，但或许约伯的怒号本可以给我安慰，让我舒服，还我公道，为我复仇。所有那些怒不可遏的人们都应该听听这些呼号：

我要为自己辩护，

留心听我嘴唇的申诉。

你们要静默！让我说话：

你们背诵的格言都是炉灰的格言，

你们的辩护都是泥土的辩护

_____

①法国作家维克多·雨果的长篇小说《悲惨世界》中的人物之一。紧接着提到的"无能的骗子"即小说主人公冉·阿让。

我已把我的肉挂在自己的牙上……①

在那儿，他或许变得更坚强，可是剩下的却毫无改变。我也是，我不住地打磨我的辩护词，驳回一个又一个充塞耳际的泥土般平庸而例行公事的回答。人们对我说如今的女人苛求完美的孩子，或者说一九八一年，三十五岁的妇女在法国是无法接受羊水穿刺的。为什么要用无法挽回的悔恨折磨自己？为什么不听之任之，接受现实？我骨子里的沙威警长立即反驳道："女人不是苛求一个完美的孩子，而是梦想着一个完美的孩子，这是千真万确的；她们苛求的是尽可能完美的信息，以便在了解情况的基础上作出判断。"就无法接受羊水穿刺这一点而言，"您已经超过了可以接受羊水穿刺的最后期限"与"由于

---

① 原文引自《旧约·约伯记》第13章，译文引自香港环球圣经公会有限公司2003年《圣经》新译本。末句原为"我已把我的肉挂在自己的牙上，把我的命放在自己的手中。"

57

国家实验室的匮乏，您无法接受羊水穿刺"，这两个回答是不一样的，后者至少留下些许空间：继续在全法国范围内寻求解决办法，或是到国外申请接受羊水穿刺。

我臆想的代理律师在我的脑海中变得越来越雄辩，可是他出演了所有的角色，于是很快，他的辩护词便没有任何悬念可言。而在现实生活中，我觉得我的愤怒让我最耐心的朋友都心生厌倦。或许，只有理解了我为何如此愤慨，才能让我从中走出来，在这一点上，弗洛伊德比沙威警长管用得多了。

即便我获得了准确的信息，我又会怎么做呢？即便我接受的教育并没有教会我过分相信比我更有知识的人，即便我懂得信任我的直觉，即便我遇到了能够聆听我不安心绪的医生，我又会怎么做呢？我会去伦敦或者鹿特丹吗，因为在那儿更容易接受羊水穿刺？我确定会这样做吗？幸运的是，二十二年过去了，克莱芒丝在我们生活中的位置渐渐使这个问题变得毫无意义。

十六

　　很久以来，马克都想回吴哥窟。他在一九六八年和一九六九年去过那儿，他总是希望可以故地重游，看看去过的城市，会会见过的人，那些他乐意引为友朋的人。可是他希望在我临盆前能一直陪伴在我身边。他计划等我生完孩子再出发。克莱芒丝的智障打乱了他所有的计划。马克凭着直觉决定带我同行，尽管当时柬埔寨时局动荡，战争涂炭生灵，还差点升级为种族屠杀。我完全失去了决定能力，但我很乐意跟随他。刚经历过这一切，我们怎么可以分开呢？马克知道对我而言最好的疗伤药就是待在他身边，真有道理。

我们首先动身去了河内，那里的一切都让马克回忆起越战时他做过的报导，范文同和胡志明先后接见过他，以及他在越南北部和南部的数次旅行等等。悲伤依旧挥之不去，好像油画的底色隐隐绰绰始终在那里……但是听他讲故事，仰慕他话里话外流露出的清醒与勇气，还是很幸福的，他无论讲述什么都洋溢着幽默与谦恭的气息。他把一切都告诉我，也知道我在聆听，便像个孩子似的高兴起来，他快乐，也让我快乐。我们离家那么远，可我们两个人却前所未有地亲近。痛苦再度袭来时，马克就听我诉说，直到我说完为止。他分担我的哀愁，尽管他也有自己的悲伤。我后来才明白，他最担心的不是克莱芒丝的智障，而是要不惜一切代价把我从痛苦的深渊中拯救出来。

在河内住了几天，我们乘飞机去金边。到处都是被炸后的断壁颓垣，坑坑洼洼的路上老鼠到处游窜，大多数街区都断了电，只有仅存的几家露天市场还开着。我们很快就坐上了去吴哥窟的吉普车，车上有一名司机、一名美国记者和一名带着冲锋枪的越南士兵，以防我们在路上遭遇埋伏的"红色高棉"，尽管这种可能性微乎其微。道路被炸得满是窟窿，每颠簸一下，越南士兵夹在双腿间的冲锋枪就狠命地撞击一下吉普车的底板，让无知的我以为一粒子弹即将破膛而出。在家里，我从来只认识国立行政学院毕业生驾驶的黑色雪铁龙DS轿车和一眼望到尽头的柏油马路；我觉得这趟旅程真是浪漫无比。唯有那名美国记者有点煞风景。两米的身高让他看起来简直就像"人猿泰山"，他想当然地占据了前排的皮质躺椅，把我和马克还有那个越南士兵撂在后排的铁皮板凳上。开了几公里后，一阵猛烈的颠簸把我的脑袋重重地撞在了吉普车的金属顶棚上，马克一字一顿地向"泰山"解释：前排应当是我们的座位，他应该坐后排。

吉普车前排的躺椅的确非常舒服，视野也开阔极了，马克极尽谈古论今之能事，来分散我的心思。吉普车从早到晚不停地奔驰着，我乘此机会了解了马克的童年和青年时代。车子停下的时候，一群形容枯槁的男女用平静而满怀尊严的声音，向我们讲述了他们的家人和村庄惨遭屠杀的故事。面对这场悲剧，谁都不可能无动于衷，可无论我多么同情他们，他们的悲哀仍然无法真正刺痛我的心。就像我的家人，他们对我而言是如此亲近和珍贵，可他们对我遭受的一切也未必能够理解、掂量或体会很多……只有马克对这一切感同身受，爱情的奇妙真是不幸中的万幸。

生命正值盛夏，我怎么可以如此难受？在我的记忆中，克莱芒丝的出生带给我地震般的颤动，这震颤与爱情最初无可比拟的幸福不可分割地融合在了一起。心灵、肉体与悲哀融为一体，泪水融化了最后的抵抗，好似暴风雨过后，雨水和泥土层层交融在一起。

十七

在已化为一片废墟的旅馆旧址勉强度过三个夜晚后，我们启程前往吴哥窟。马克看到那些庙宇与雕塑虽历经战火，却几乎完好无损，他高兴极了。年轻的考古学者皮克与大师菲利普·格罗利耶[①]共事多年，正为老师离开柬埔寨而伤心不已。格罗利耶跟随他父亲的脚步，一砖一瓦地重新发掘出淹没在丛林中的古老庙宇。马克理解皮克忽然成为"孤儿"的悲哀，他估摸得出大

---

①菲利普·格罗利耶（1926—1986），生于柬埔寨首都金边，为殖民时代法国派往柬埔寨的行政官员后代。著名建筑学家、艺术史专家、作家，柬埔寨艺术学院与柬埔寨国家博物馆创始人。其父乔治·格罗利耶为著名考古学家、画家、摄影师，留下多部考古学及高棉地区艺术著作。

师的离去造成的损失。为了拍摄双乳浑圆、丽质动人的飞天造像，马克像山羊似的爬上崩塌的土块和庙宇的矮墙，时不时在取景窗口前眯缝起眼睛，他滑下来的时候，我从半空中一把抓住了他的裤腰。那些没有我的日子里，他究竟是怎么活下来的呢？

两个星期过去了，我们的旅行接近尾声。到了曼谷，妈妈的好几封信早已等候多时，为我们捎来了克莱芒丝的新消息。"我俩亲热极了！"妈妈写道，"她简直一天一个样，几天之后就像换了个人似的，越来越招人喜欢。"不知不觉地，马克和我之间聊起克莱芒丝时的语气有了变化。不再是聆听医生宣判时单纯的震惊，或是面对他们冠冕堂皇的回答时按捺不住的反抗。渐渐地，我们小小的女儿开始存在了。我感到她在等我，我迫不及待地想再见到她。

十八

一个朋友比我早半个月生了个女儿，她用近乎饕餮的口吻对我说："卡特琳娜，等着瞧吧，你一定会享受一场盛宴的！"这话让我听着欢心，恰恰道出了我向往已久的幸福：把我的小宝贝抱在怀里，脸颊贴脸颊，再经历一遍教我魂牵梦萦的"你中有我，我中有你"的美妙感觉。果不其然，克莱芒丝给了我数不尽的亲昵与幸福。

我们从柬埔寨回来再次见到她时，她刚刚苏醒，不慌不忙、安安静静的，带着惹人怜爱的镇静。贝尔纳黛特对克莱芒丝的进步可骄傲了，只消看看她和克莱芒丝在一起的样子，就能感觉到她们之间的感情有多好。

我们回来几天后，克莱芒丝开始认得我了。一躺到我怀里，她就生龙活虎地扭动那对胖乎乎的小腿，挥舞起拳击手似的小胳膊，好像登山运动员一般雄心勃勃地想勾上我的脖子，却还是扑进了我的怀里：这就是她，这就是我，我们之间有说不尽的温情往事。几个星期后，马克猛地抬起她的小脚丫子，吞进嘴里，逗得她咯咯大笑。她兼具运动员和调皮鬼的性格一天天显露出来，感情也越来越强烈。

十九

在她身边我很幸福，却没有得到安慰。她是个我喜欢爱抚的小宝贝；她是个我无法接受的残疾孩子；我要她给我幸福，而她的生命却让我觉得沉重。每天我都去看她，晚上却梦见她的死。我很快便感觉到这场打击所摧毁的东西是无法修复的，那轰然一声的巨响太过强烈——必须创造出一种相爱与共同生活的方式，既顾及我们受伤的心，又不忘她的残疾。

克莱芒丝的魅力和个性发挥了作用，我对她的眷恋渐渐取代了抵触情绪，噩梦也消失了。从她出生那刻起，我们就感到亟须帮助，好在我们很幸运。开始便有贝尔纳黛特和育婴院的专家团队，尤其是"塔塔"·阿拉尔，她的乳母，她的第二个母亲，整整十二年把小家伙当作自己的第五个孩子般抚养长大。阿拉尔家离小城韦尔农不远，克莱芒丝在那儿享受到了快乐大家庭里小妹妹的所有幸福，还遇见了比她大一岁的阿丽娜，直至今日，她依然把阿丽娜当姐姐。

每逢周末或节假日，我去接她的时候都仿佛节日来临。她知道随后的几天或几星期里，自己会是我们的小公主，被我们宠爱（甚至有些过了头！），和我们亲昵（也过了头！），不然叫我们怎么办呢？谁让她只有节假日才回家呢？每天晚上，我都躺在她身边，直到她安然入睡，也不去理睬马克温柔的责怪："你这样非把她惯坏不可。"有时候，她听爸爸讲那只酷似她的小老鼠的故事，要是马克一本正经地问她，这小淘气有没有在冰镇的新鲜酸奶里浸湿了胡须，克莱芒丝的脸蛋儿非涨红得像只小辣椒一般。

二十

　　这些年里，多亏有了"塔塔"，我们才得以做一对快乐的父母：我们尝到了克莱芒丝可以带给我们的所有幸福，却不必领受那份沉重。早在说唱乐流行之前，克莱芒丝就在往返巴黎和韦尔农的路上创作了一曲有趣的说唱歌曲，还模仿起爵士乐歌手特有的沙哑嗓音，唱响她所有爱着的人的名字，比如"爸爸我爱你"，"塔塔，我爱你，很爱很爱"，她像唱赞美诗般细数一桩桩新近干过的傻事，说一会儿到了我们家或塔塔家最爱干什么事儿。有时候，她喜欢存心说些刻薄话，用渐强、渐趋华彩的语调唱响"妈妈坏，妈妈坏，从来不把我宠爱"，而心被深深刺伤的我则用断奏的唱腔喊冤不迭。我们母女俩对这段二重唱都乐此不疲。其实更叫我们开心的是看到往返韦尔农和巴黎的路上，克莱芒丝的说唱乐唱得一样欢快。直到今天，克莱芒丝还保持着在路上歌唱的习惯。渐渐地，歌词变成了："美妙啊，你的名字叫假期！工作完成，再见伙伴们，再见阿梅勒（她在福利工厂的辅导员），太——酷——了（至此，美妙的练声阶段结束）！我很快就要看见我最爱的小兔啦，我要在泳池里尽情游，拉舍尼莱尔，我爱你！"等等。歌词随着她的生活事件不断变化，可那两三个音符汇成的曲调和克莱芒丝昂扬的激情却始终如一。

二十一

怎么可能把今日的克莱芒丝与我们惊闻她身患残疾时的恐惧联系在一起呢？当初的伤痛与如今这个大步迈向自己新生活的二十二岁孩子之间有什么相通之处吗？站在今日，回想当初，我觉得随着那天早晨的诊断结果，喷涌而出的都是恐怖的景象，发育不良的迟钝小孩形单影只的样子躲藏在诊断书的每一个音节里。从那时起，所有的恐惧都深深埋进了我们心里。

可是克莱芒丝却在足够健康、无邪地成长着，充满活力，毫不在乎巫婆在摇篮前诅咒下的厄运。这些咒语在她崭露出第一抹微笑，起先羞涩，转而露出兴高采烈的笑容之时，毫无招架之力。她越清醒，她身上独一无二的性格就越展露无疑，那些诅咒便与她渐行渐远，好似不愉快的回忆慢慢淡去。每一天的现实都让假想的悲哀节节败退，这个那么爱在夏日的拉舍尼莱尔草坪上玩耍，在我的肚皮上打滚，用她结实的肉嘟嘟的小屁股不断顶我的小姑娘，让我们明白（尽管她还不会说话），与我们生活在一起时，她是多么快乐，她是多么爱我们，我们又是多么爱她！因为我们根本不可能不去爱一个如此惹人喜欢的小姑娘呀！

二十二

　　我写下这些的时候，惹人喜爱的小姑娘已然蜕变成颇有批判精神的少女了。克莱芒丝开始掌握了话语权，在听她越来越激昂地用自己的版本讲述一切之前，留给我用"我"的方式叙述生活的时间屈指可数。所以我最后一次滥用我的写作能力来确认："是的，我认为克莱芒丝是个幸福的小姑娘，一个幸福的少女。"年复一年，每逢周末，我们便与女儿团聚，平时则过各自的生活。这样的距离和喘息机会丝毫没有弱化我们之间的联系，也未曾影响我们爱的温柔。相反，为了抵御相依为命的定局——对于残疾孩子的父母而言，深埋心底、挥之不去的命运在暗中不断折磨着父母的心——这对我来说恰恰是不可或缺的。我或多或少意识到自己不愿时时刻刻与克莱芒丝融为一体，也不愿我的神经始终为与先天智障儿童共同生活所必须付出的巨大耐心而紧绷着，有时候甚至快要绷断了。这样的节奏对我来说刚刚好，我想可以肯定的是，克莱芒丝也从中受益匪浅：在阿拉尔家，以及后来在都兰，在迥异的两个世界中与不同的人相遇、相知并一起消遣娱乐的双重生活，恰好契合她擅于与人交往的性格。

只有每年夏天我们才形影不离地生活在一起，而这两个月的假期无疑既幸福，又辛苦。幸福，是因为我们原本循规蹈矩的生活时不时穿插了一幕幕闹剧，入睡仪式，变化万千的"躲猫猫"，你追我赶，以及存心吓唬人的游戏，简而言之，我们终于有时间建筑起一座错综复杂的"习惯宝库"。幸福，也是因为相比别的孩子，与我们在一起散步、烹饪、养花种草给了克莱芒丝更长久更动人的快乐。幸福，好吧，终究是因为有了马克的好主意：为克莱芒丝在花园里挖一个游泳池。克莱芒丝天生好水性，像条美人鱼似的在水里游个不停，好像在那儿她终于找到了属于自己的天地。快十岁的时候，她已经可以不用救生圈，也无需脚踩着泳池底游上数小时。邻居中比她小四五岁的孩子们都习惯了每天下午来找克莱芒丝，整个泳池变成了欢笑嬉戏的快乐天堂。在水里，不再有任何区别，只有一群幸福的孩子们聚在一起，在这片天地里，克莱芒丝是多么的光彩夺目呀，就像所有"完美"的孩子一样。

今天，我无限怀念地回忆起那些洒满阳光的夏日，孩子们那么欢快地在水里拍打、闹腾。然而，如果没记错的话，我不得不承认暑假临近尾声的那几天里，我有些等不及盼着开学了，因为年复一年，克莱芒丝依然需要我们像关注几岁孩童那样，倾注我们全部的精力去照管她；因为她满溢的感情世界有时候让她变得像一罐黏人的胶水。其实，归根结蒂，还是因为先天智障，就像我之前说的，把人的情感蒸馏成一副单调重复、教人厌倦的模样。

二十三

一页一页写来，直到今天，我忽然发现自己什么都确定不了，我没有足够的时间来评判，但是我想尝试着诉说近几个月发生的事情——一个女孩最初的悸动与哀伤。首当其冲的打击，要数克莱芒丝在"快乐时光"慈善中心的教育顾问克莱尔离职了。克莱尔与克莱芒丝之间的温情与默契的幽默几乎是与生俱来的。自从克莱芒丝来到"快乐时光"慈善中心，克莱尔一直都在那里，三年了，克莱芒丝见到什么都欢喜：中心的工作团队，怡人的环境，新朋友，福利工厂的工作，还有克莱尔为她精心准备的卧室。然而，二〇〇二年的夏天，克莱尔决定离开中心了。

这对克莱芒丝的打击很大，非常大，不过若是没有随之而来的两件伤心事，本来不至于爆发什么危机：一件是克莱芒丝与她在福利工厂的"亲爱的他"分手了，另一件就是她的一个好朋友搬去了理疗公寓。两场灾难在一个星期内接踵而至，以至于克莱芒丝在某个周五的下午——名副其实的"黑色星期五"——坐上回家的汽车时，几乎立即让我感觉到她的生活再也无法继续了。她完全拒绝接受摆在面前的命运：不同意克莱尔离开，不接受"亲爱的他"抛弃自己，无法忍受好朋友搬家。没有一件事是事先征求过她意见的，她一样都不能接受。"我在中心受够了，我要回家，我爱爸爸妈妈。"克莱芒丝长久以来都不会用言语来表达自己的哀伤，现在却完美无缺地说出了她的需要与痛苦。我听了心都碎了，觉得把她带回家并不是很理智，却等不及要满足她的一切愿望，抚平她所有的伤口。一路上我听她诉说，陪她一块儿叹息，想象着我们可以改变些什么，我小心翼翼地为慈善中心说上一两句好话，我强烈地感觉到她需要帮助，需要有人为她指明方向。

二十四

　　打破沉默，好似打破让我们动弹不得的冰封一
般——克莱芒丝昭示了这沉默的分量。直至那时，始终
不言不语的悲伤需要向人诉说，需要有人聆听。克莱芒
丝需要一个称职的对话者。多亏一位朋友指点，我找到
了一名年轻的心理专家C医生。可以说，自从第一次见
面，这位年轻女子就懂得心怀敬意、充满智慧地与克莱
芒丝交谈，感同身受的态度把克莱芒丝带上了这一全新
旅程。所有我从未敢于尝试、在我们母女之间显得过
于沉重的事情，她都做了，她用一种令我目眩的温柔和
清晰思路与克莱芒丝谈她的与众不同，还有她的痛苦。

克莱芒丝说得很少，只是偶尔长叹一句："这可不容易啊！"让人摸不着头脑，究竟什么事如此让她难以承受或无法启齿。

两人的第一次见面时而轻松，时而沉重，但从头至尾，克莱芒丝都聚精会神地听着这位年轻女子对她说的每一句话，打动她的时候，还看得出她的小下巴在不停颤动。仿佛有生以来第一次，有人关注、理解并喜欢整个儿的她，不避讳她的残疾，敢于提及她的不完美，而且把这份不完美摆正了位置。时间一分一秒地过去，我能清清楚楚地看到她明白了医生对她说的话，理解了这次对话的意义，感受到了言语可以让人释放自我、减轻痛苦、歆享安慰。后来，我们走在圣日耳曼大街人行道上的时候，克莱芒丝激动不已，一副容光焕发的模样："啊！妈妈，我说得真好！"热情得像一个终于为旁人所理解的孩子，面前铺展开可能发生的奇遇。我常常对克莱芒丝说，她的眉毛长得很迷人，几小时后，在返回都兰的火车上，克莱芒丝对我说："妈妈，你觉得那位夫人看到我的眉毛很美吗？"这甚至让我感到一阵巨大的幸福袭来。我相信，一次次会面后，这趟探寻真相之旅会让我的女儿放下所有悲伤的包袱，真正长大，重生一回。

这次会面卸下了沉默压在我们心头的千钧重担，让我们觉得生命不再是单调的，未来不再是昨天的重复。这次会面后，我想起了小时候在外祖母家度过的夏日，在里昂起伏的丘陵地里爬上爬下，和我的表兄妹们沿着"铁径"一路攀援——长长的小路掩映在葳蕤缠绵的树荫下扶摇直上，刹那间，我们已身处洒满阳光的高地，仿佛悬于天地之间。这世上再无其他景致让我如此狂喜——转过树丛里绵延不尽的阴郁，刹那间走到天边。但是拜会过C医生后，那遥远的记忆又回到了我的脑海中，好像记忆有时候喜欢为我们传递好消息似的。

二十五

　　克莱芒丝。我可以一页一页无休止地写下去，却依然写不出真实的你，你太丰富，太复杂，太善于给我出其不意的惊喜，你展现了一个全新的自己，不断创造出新生活，让我实在无法给你下一个定义。五六岁的时候，你已经喜欢在卢森堡公园里撒欢似地跑个不停，躲在树丛里把我甩掉，自个儿溜走，那时你还不会说那句口头禅——"妈妈，我就喜欢让你伤脑筋"——却已经把我耍得团团转了。

　　你喜欢让我伤脑筋，你还喜欢"喜欢"，喜欢朋友，喜欢兄弟姐妹，喜欢下馆子，喜欢旅行，喜欢过节，喜欢电视连续剧，喜欢时髦的歌手，喜欢在泳池里扎猛子。也许正是这种永不消失的热情，打动并吸引了你周围的人，有时还让人禁不住忘了你的残缺。当你跳下帕斯卡尔和索尼娅的小船，和他们一起在大海里遨游，在波涛中绽放出一浪浪笑的花朵，沉醉在自豪与幸福之中，当你鼓励亲爱的表妹瑞德松开紧握的船梯时，谁又会想到你的残缺呢？每周五，我看你从福利工厂走出来，背着双肩包，听着音乐，一顶鸭舌帽斜歪在头顶上，一见我，那双珐琅蓝的杏眼霎时焕发出神采，你笑声朗朗，眼里满是对我爱的信任，我又怎能不陶醉呢？

莫非是上天的恩赐？有时候，克莱芒丝的勇敢、快乐和温柔抹去了我们记忆中她的不足之处。时不时还会发生很有趣的事儿：有一天，她最喜欢的教育顾问克莱尔通过不懈努力，终于成功禁止她身着运动短裤上班，可晚上，我们见她依然光着双腿凯旋：原来她把运动短裤装在背包里，离开福利工厂前迅速套了上去。

和克莱芒丝在一起会笑得很疯狂，会忍不住要互相亲抚，会享受到漫长童年的清新感觉和些许生活的快乐，可有时候也会有单调的对话，因她生活无法完全自理而痛苦，觉得有些时日过得太慢，甚至有时候想要逃离她太过强烈的感情需求，她太需要我了。是她真的需要，还是我的想象？我不知道……

克莱芒丝。我说了你出生时的痛苦，可我真的懂得描述如今已二十二岁的你吗？我想还你公道，给你，也给和你一样不幸的孩子，我想告诉大家你有多像我们，同异并存，不过"同"终究多于"异"。如果医生的诊断在我们心口刻下如此沉痛的伤口，那是因为社会对先天智障儿童的印象是有偏差的。今天，当我看见你好端端活着的时候，我都无法理解初闻你残疾时我那老掉牙的恐惧。你是不懂得看书，没有红绿灯便不会独自过马路，没法儿在自行车上保持平衡，可你懂得怎么交朋友，能够养活自己，懂得为自己选一个既迷人又富有同情心的"亲爱的他"，你比谁都猜得到并且能够理解你爱的人们内心深处的情感。三年前，你的大表兄热雷米不幸死于动脉瘤，全家人中是你说出了我们最想说的话："我不喜欢他死。"你用自己独有的句式道出了心声，尼埃尔一字一顿地重复了你的话，因为每个字都恰恰说出了一颗父亲的心当时的感受。

二十六

　　克莱芒丝。我说得更多的不是你，而是身为母亲的伤痛。几年后，当我们都长了年岁，当你的个性与人生更加显明的时候，我希望我们会说我们俩都很幸福。多希望你我都接受你的局限，还有我的局限。无论是从前还是将来，我都无法日日夜夜与你生活在一起，就好像我和你弟弟泰奥在一起那样。总有一天，我们能够心感宽慰地坐在一起聊这回事，因为我们终于找到了合适的话语，来诉说你一直知道的事实：你的出生是一道伤，而我们俩终于成功地筑起了一道爱之墙，来抵御最初的惊惧。这一幕真相是我们爱的基石，是我们的生活和未来的基石。这是一块坚硬却稳固的基础，是底座，是磐石，是比流沙般的谎言、比循规蹈矩的思想、比要我相信你是"上帝的礼物"的矫揉造作更为稳固的基础。

克莱芒丝。我为你而写作，为我们，也为所有与我们遭遇同样考验的母女。我写作，是为了诉说用善意筑就的地狱，为了试图理解一九八一年十月四日你出生那一天，究竟是什么降临在我们身上；我写作，是为了呐喊出残疾压在我心头的千钧重，是为了反抗，为了永无止境的悼念，为了可能的救赎。而这一页页文字早已回报了我所付出的努力。不知不觉，一句接一句，它们为我稀释了浓得化不开的愁绪与愤怒，揉进了这本小册子的字里行间。空气、光明与天地分割了所有字词。如今，空气、光明与天地穿梭在破碎的哀伤中，让这哀伤变得轻盈，变得从此可以承受。二十二年前生活加诸我的使命，靠写作推动着前进。克莱芒丝，从今天起，我可以对你说出童话故事的结尾，美女对野兽说的那句话："有我，你别怕。"是的，无论日子呈现出怎样的色彩，无论是惊心动魄还是安然无恙，我也能对你说："有我，你别怕。"

一些朋友看了我的手稿后问我："克莱芒丝读得懂你的书吗？"回答是："读不懂。"克莱芒丝可以读懂一些简单信息，比如电视周刊、歌星八卦等等，却读不懂这样的书。然而心理治疗师的努力让她明白了这其中的意思，那就是：当初残疾的诊断给父母带来的伤痛，并未阻挡爱在她父母心中蔓延。

卡特琳娜·谢纳

衷心感谢

最先信任这本小书的朋友：罗贝尔·德尔皮尔、萨拉·莫恩、莫·穆尔和阿涅丝·加涅斯，以及玛丽-安热·达德勒、玛尔蒂娜·达斯迪尔、吉尔·本·艾奇、克洛德·布洛、帕特里希娅·夏纳莱、玛丽丝·科尔德斯、埃芙丽娜·德梅、伊丽莎白·福克、卡洛琳娜·葛洛利翁、艾德蒙德·于雷、伊丽莎白·洛蒂克、克莱尔·梅杰克、布莉吉特·奥利耶、西尔维娅·佩里尔、克里斯蒂昂·佩里尔、安吉伯格·普林兹、让-路易·韦尔罗姆、露丝·文森特。

当然，尤其要感谢弗朗索瓦丝·佩罗。

译后记

"从前我就害怕生出来的会是先天智障。很多女人都害怕的。"

也许马克脸上光芒四射的幸福太富感染力，也许卡特琳娜把每个小生命的诞生视作奇迹教人无限憧憬，即便随后她笔锋一转，产房的空气霎时充满了尖叫、阴冷与忧伤，都不曾让我料想到等待他们的竟是诞下先天弱智儿的晴天霹雳。我顿时犹豫了，也许最终他们的小女儿搏得了与常人一样光鲜的生命，可无论结局如何书写，都躲不过最初的震惊、伤痛、无助与挣扎……每读一遍，都无异于把这一路坎坷在心头熬煎一回，更何况句句译出、字字校对时对心灵的考验了。一闪念间，我感觉到的只有惧怕。我不知道，如果一个母亲，面对这样的遭遇，该怎么办？

生下克莱芒丝后的第二天，卡特琳娜回到了家，"腹中空荡荡的，怀抱里也是空荡荡的，唯有眼眶里满是千千万万的泪水。"狂怒与伤痛一样锥心刻骨，以至于面对儿科医生，她只有一个问题：可以让这孩子死吗？伤痛无以复加，而狂怒，却是因为怀胎三月时医生给出的错误信息，使得卡特琳娜与检测先天弱智儿的羊水穿刺失之交臂，本可避免的悲剧从此覆水难收。可仅仅数月后，直至克莱芒丝至今二十二岁的生命历程里，卡特琳娜笔下的小女儿呈现出的尽是惹人怜爱的模样：敏感直率，偶尔有些说一不二的小蛮横，美人鱼似的极佳水性，永远像孩子一样嬉闹着，却也会有少女的孤独与忧伤。二十二年的日思夜想，卡特琳娜终于写下：

"克莱芒丝。我想还你公道，给你，也给和你一样不幸的孩子，我想告诉大家你有多像我们，同异并存，不过同终究多于异。如果当初医生的诊断在我们心里刻下如此深痛的伤，那是因为社会上先天愚儿童的形象是有偏差的。今天，当我看见你好好活着的时候，我都无法理解初闻你残疾时我老掉牙的恐惧……"

合上书，最初的惧怕一半变作了欣慰，另一半却依旧难以释怀。每一个先天弱智儿都会有克莱芒丝童话般的人生吗？每对先天弱智儿的父母都能如此走出人生的困局吗？反观卡特琳娜母女，虽有妇科医生失职在先，可克莱芒丝诞生当天，专业抚育各类残障婴幼儿的安幼育婴院院长便提议接收克莱芒丝入院生活。这既给予卡特琳娜充裕的时间走出忧伤，有了专家的呵护，克莱芒丝脆弱的小生命又有了保障，更重要的是孤立无援的绝望顿时在卡特琳娜的心里烟消云散。其次，这二十二年里，卡特琳娜并非与女儿朝夕相处。整整十二年，奶妈阿拉尔把克莱芒丝在小城韦尔农抚养长大。每逢节假日，女儿才回到双亲身边，自是受到卡特琳娜夫妇对待公主般的礼遇。连卡特琳娜都坦言，"暑假临近尾声的那几天里，我有些等不及地盼着开学了。"每个假期有了克莱芒丝的回归，大家都仿佛回到童年千变万化不知疲倦的游戏岁月，然而苦的却是日复一日需要倾注全部精力去照顾永远长不大的几岁孩子。不知倘若真要朝夕相处，美女爱野兽一天胜似一天的童话还会继续吗？也许，这本就不是一道结局已定的证明题，卡特琳娜写下的每一句话，如同每一天的生活，都是在不断地探索、勇敢地承担，就像卡特琳娜说的那样："克莱芒丝。我为你而写作，为我们，也为所有与我们遭遇同样考验的母女……为了可能的救赎。"是的，这是一份见证，一种分担。而我，无需犹豫。我的译文或许并不能够传递一份可以借鉴的标准答案，却可以让陷入同样困局的父母子女们觉得不那么孤单，可以让这本薄薄的小册子传递卡特琳娜温厚的慰藉："有我，你别怕！"

译文真是样有魔力的东西，每每校读，总复有细细修改的欲望，而一旦凝成了铅字，便也凝固下遗憾。真希望尽我所能，让每次的遗憾尽可能少一些，再少一些……

最后，要特别感谢朱绩崧博士与韩宗臻同学预览全文，并提出宝贵意见，在我陷入"只缘身在此山中"的迷雾时为我指点迷津，拨云见日。

谈　珩